요한 볼프강 폰 괴테
한스-위르겐 가우데크

계절은 다시 찾아옵니다

괴테 수채화 시집

요한 볼프강 폰 괴테

계절은 다시 찾아옵니다

괴테 수채화 시집

한스-위르겐 가우데크 엮음

장혜경 옮김

모스그린
Moss Green

이른 봄

기쁨의 나날이여,
이리도 빨리 오시나요?
태양은 내게
언덕과 숲을 선물하실까요?

불어난 개울물이
졸졸졸 흐릅니다.
여기가 그 풀밭인가요?
여기가 그 골짜기인가요?

푸르게 물오른
하늘과 언덕!
황금빛 물고기가
호수에 바글거리고

화려한 깃털 새들이
수풀에서 퍼덕입니다.
그 틈을 비집고 그 안에서
천상의 노래가 울려 퍼지지요.

꽃피우는 초록의
힘 아래에서는
벌들이 윙윙윙
꽃꿀을 빨아먹습니다.

대기를 흔드는
희미한 동작,
매혹의 몸짓,
졸음을 부르는 향기.

금방 한 점의 미풍이
힘차게 불어왔다가
이내 수풀에서
길을 잃습니다.

허나 바람은 가슴으로
되돌아오지요.
도와주세요, 그대 뮤즈들이여
이 행복을 감당하도록!

말해주세요. 어제부터
내게 무슨 일이 있었나요?
사랑스러운 자매들이여,
사랑하는 이가 여기 와 있습니다!

5

순조로운 항해

안개가 걷히고
하늘이 환합니다.
아이올루스*는
불안의 끈을 풉니다
바람이 살랑이고
사공이 움직입니다.
빨리! 빨리!
파도가 갈라지고
먼 땅이 다가옵니다.
벌써 육지가 보이는군요!

*그리스 신화에 나오는 바람의 신

들장미

한 소년이 작은 장미 한 송이를 보았습니다.
들에 핀 장미를.
무척이나 싱그럽고 눈부시게 아름다웠지요.
가까이서 보려고 서둘러 달려,
꽃을 보니 기쁨이 차올랐지요.
장미, 장미, 빨간 장미,
들에 핀 장미.

소년이 말했죠. 너를 꺾을 거야.
들에 핀 장미야!
장미가 말했죠. 너를 찌를 거야.
영원히 나를 잊지 않도록.
난 꺾이기 싫어.
장미, 장미, 빨간 장미,
들에 핀 장미.

짓궂은 소년은 꺾어버렸습니다.
들에 핀 장미를.
장미는 발버둥 치며 찔러댔지만
비명도 소용이 없어
꺾이고 말았답니다.
장미, 장미, 빨간 장미,
들에 핀 장미.

언제 어디서나

산골짜기 깊숙이 파고드세요.
구름을 쫓아 하늘 높이 오르세요.
뮤즈는 개울과 골짜기로 오라 외쳐 부릅니다.
수없이 부르고 또 부르지요.

싱싱한 꽃받침은 피어나자마자
새로운 노래를 부르라 합니다.
시간이 휙~ 살같이 지나가면
계절은 다시 찾아옵니다.

11

3월

눈이 내렸습니다.
아직 때가 아니기 때문이지요.
온갖 꽃이 피어나면,
온갖 꽃이 피어나면,
우리는 무척 기쁠 겁니다.

부드러운 가짜 햇살로
햇빛은 거짓말을 합니다.
제비도 거짓말을 하지요.
제비도 거짓말을 하지요.
왜 그렇게 생각하냐고요? 혼자 오니까요!

봄은 가까웠는데
나 홀로 기뻐해야 하나요?
하지만 우리가 둘이 되면,
하지만 우리가 둘이 되면,
금방 여름이 올 거예요.

뮤즈의 아들

들과 숲을 헤매고
내 작은 노래 휘파람 불어 보내며
그렇게 여기저기 떠돕니다.
박자에 맞추어 마음 흔들리고
운율에 맞추어 몸 흔들며
내 모든 것이 나아갑니다.

기다릴 수가 없습니다.
뜰에 처음 피는 꽃,
나무에 처음 매달리는 꽃송이.
꽃들이 내 노래에 인사 보내니
겨울이 다시 온다 해도
나 아직 그 꿈을 노래합니다.

나는 저 먼 곳,
길고 넓은 얼음 위에서 그 꿈을 노래합니다.
저기 겨울이 아름답게 꽃 피어나네요.
이 꽃마저 사라져도
갈아엎은 언덕에는
새로운 기쁨을 찾아옵니다.

보리수나무 곁에서
젊은 청춘들을 만나면
나 당장 그네들의 마음을 달뜨게 하니까요.
나무토막 같은 사내놈도 으쓱하고
새침한 아가씨도
나의 멜로디에 맞추어 빙빙 춤을 춥니다.

그대들은 발바닥에 날개를 달아주는군요!
그리고는 사랑하는 이를 집에서 멀리 멀리,
계곡과 언덕으로 몰아갑니다.
사랑스럽고 어여쁜 그대 뮤즈들이여,
언제나 나도 그녀의 품에서
마침내 다시 쉴 수 있을까요?

15

하나의 비유

얼마 전 들꽃을 꺾어 다발 만들어
집으로 가져오는 길에 딴생각에 빠졌습니다.
손이 따뜻해서
꽃부리가 전부 땅을 보고 있었지요.
물잔에 물을 붓고 꽃을 넣었더니
내게 기적이 일어났습니다!
머리가 곧추섰고
초록 베일에 싸인 잎자루,
아직 어머니 땅에 박혀 있는 듯
모두 정말 건강했지요.

내 노래를 묘하게 외국어로 들었을 때
나도 그랬답니다.

발견

숲에 갔지요,
나 혼자서.
무엇도 찾지 않는 것,
그것이 내 마음이었답니다.

그늘에서 보았어요.
작은 꽃 한 송이
별처럼 빛나며
눈동자처럼 아름다웠지요.

꺾으려 하니
꽃이 가냘프게 말했습니다.
"꺾으면 시들 텐데 꼭
그래야겠나요?"

나는 뿌리째
모두 파서
아름다운 집
뜰로 가져왔어요.

그리고 조용한 곳에
다시 심었답니다.
이제 꽃은 자꾸만 가지를 뻗고,
그렇게 계속 꽃을 피운답니다.

5월

가뿐한 은빛 구름이 둥실둥실 떠다닙니다.
이제 막 따듯해진 대기를 타고서,
여명에 부드럽게 휘감기어 포근하게,
태양이 온갖 내음을 헤치고서 바라보네요.
넉넉한 물가에서는 파도가
소리죽어 일었다 밀려가고,
어린 초록 잎은 깨끗이 씻은 듯 환한 빛깔로
이리 저리 이리 흔들리며
제 모습을 비추어봅니다.

대기는 고요하고 바람은 잔잔합니다.
무엇이 나뭇가지를 내게로 흔드나요?
나무에서부터 덤불을 가로질러,
이 충만함의 숨 막히는 사랑.
갑자기 시야가 환해집니다.
보세요, 떼지어 펄떡이는 사내아이들,
저리도 재빠르게 뛰고 구르네요.
아침이 그들을 낳기라도 한 듯
둘씩 짝을 지어 날래게.

이 오두막이 누구에게 필요할까 싶지만
지붕을 엮기 시작하세요.
유능한 목수처럼,
의자와 식탁은 한가운데로!
나는 여전히 감탄에 젖었습니다.
해가 기울어도 느끼지 못할 만큼.
그러나 이제 나의 연인이
수천의 낮과 밤을 방으로 데려옵니다.
정녕 꿈은 아닐런 지요!

21

바다의 고요

물속에 깊은 고요가 깃들고
물은 꼼짝도 하지 않고 잠을 잡니다.
사공은 근심 어린 눈으로
사방 잔잔한 수면을 바라봅니다.
어디서도 바람 한 점 불어오지 않고
죽음 같은 고요는 무섭기만 합니다.
까마득히 넓은 바다에
물결 하나 일지 않습니다.

기쁨

저기 샘물가에서 팔랑입니다.
색이 변하는 잠자리,
물나비,
짙었다가 옅었다가
카멜레온 같습니다.
빨갛고 파랬다가 파랗고 초록입니다.
아, 다가가
그 빛깔을 보았으면!

저기 작은 잠자리 내 앞으로 날아와
고요한 버드나무에 내려앉습니다.
잡았다!
가만히 잠자리를 살피니
구슬프게 짙은 파랑입니다.

기쁨을 낱낱이 해부하는 자, 그대도 그러할 것입니다.

같은 것 (나그네의 밤노래 2)

모든 산봉우리 위로
안식이 깃듭니다.
어느 우듬지에서도
숨결 한 줌
느껴지지 않네요.
숲속 새들은 말이 없으니,
기다리기만 하면 될 일, 머지않아
그대 또한 쉴 터이니.

물 위를 떠도는 영혼들의 노래

사람의 영혼은
물과 같습니다.
하늘에서 내려와
하늘로 올라가고
다시 내려와
흙이 되어야 합니다.
영원히 돌고 돌면서.

높고 가파른 바위벽에서
깨끗한 물줄기가
흘러내립니다.
물줄기는 구름 파도를 타고서
매끄러운 바위로
곱게 흩어지다가
살짝 모여
베일을 쓰고서
나직이 졸졸대며
깊은 골짜기로 물결쳐 내려갑니다.

낭떠러지 우뚝 솟아
떨어지는 물줄기를 막으면
물줄기 언짢아서 거품을 뿜으며
조금씩 조금씩
심연으로 내려갑니다.

그러다 평평한 바닥에 당도하면
살금살금 푸른 골짜기로 향하지요.
잔잔한 호수에서는
뭇별이
제 얼굴을 비추며 즐거워합니다.

바람은 파도의
사랑스러운 애인,
바람이 저 호수 바닥을 휘저어
거품 이는 파도를 일으킵니다.

사람의 영혼이여,
그대는 물을 닮았습니다.
인간의 운명이여,
그대는 바람을 닮았습니다.

이른 아침, 골짜기와 산과 정원

이른 아침, 골짜기와 산과 정원
안개의 베일을 벗고,
애절한 기대에
꽃의 술잔이 색색으로 가득 찰 때면,

하늘이 구름을 실어가며
맑은 날과 다투고
동풍이 구름을 쫓으며
파란 해의 길을 준비할 때면,

그대는 그 광경을 즐기며
위대하고 사랑스러운 이의 순결한 가슴에 감사하고
태양은 붉게 떠나며
지평선을 빙 둘러 금빛을 칠합니다.

요정의 노래

자정에, 사람들이 잠이 들어야 겨우,
달님은 우리를 비추고
별님은 빛을 뿌리지요.
그제야 우리는 거닐고 노래하며
신나게 춤을 춥니다.

자정에, 사람들이 잠이 들어야 겨우,
풀밭 오리나무 곁
우리 자리를 찾아가
거닐고 노래하지요.
꿈의 춤을 추지요.

꽃 인사

내가 꺾은 꽃다발이
그대에게 수천 번 인사드립니다!
나는 수시로 허리를 굽혔습니다.
아, 아마 천 번쯤.
그리고 그 꽃다발을 꼭 껴안았답니다.
수십만 번이나!

어부

물이 철썩입니다. 물이 불었습니다.
어부는 물가에 앉아
낚싯대를 바라보았습니다. 차분히,
심장마저 차가워져서.
어부가 앉아 귀 기울일 때
물결이 솟구치며 갈라집니다.
일렁이는 물에서 쏴아~
젖은 여인이 솟아 나옵니다.

여인이 어부에게 노래하고 말했지요.
"어이하여 그대는 나의 형제를
인간의 지혜와 꾀로 낚아
죽음의 불길로 끌어 올리나요?
물고기가 물밑에서 얼마나
아늑한지 아신다면
그대도 지금 그대로 내려와
건강해질 텐데.

사랑하는 해님도, 달님도
바다에 들어와 즐거워하지 않나요?
파도를 들이쉬며 얼굴을 씻고
곱절 더 예뻐지지 않나요?
낮은 하늘이, 물에 젖어 반짝이는 파랑이
그대를 유혹하지 않나요?
그대의 얼굴이 영원의 이슬 안으로
들어오라 유혹하지 않나요?"

물이 철썩입니다. 물이 불어
그의 맨발을 적셨습니다.
애인의 인사를 받을 때처럼
어부의 마음이 그리움으로 부풀어 올랐습니다.
여인이 어부에게 노래하고 말했습니다.
그때 그에게 그 일이 일어났습니다.
절반은 여인이 잡아끌고, 절반은 혼자 쓰러져서
더는 그가 보이지 않았답니다.

호수에서

신선한 음식, 새로운 피를
탁 트인 세상에서 빨아들이니,
나를 품어주는
자연은 참으로 어여쁘고 마음씨 곱습니다.
파도는 노 젖는 박자에 맞춰
우리의 나룻배를 흔들고
구름에 덮여 하늘로 향하는 산들이
나아가는 우리를 맞이합니다.

눈이여, 나의 눈이여, 어찌 그리 내리까시나요?
황금빛 꿈이여, 그대 돌아오시나요?
가세요, 그대, 꿈이여! 그대가 아무리 황금이라 해도
여기에도 사랑과 삶이 있습니다.

수천 개의 떠도는 별들이,
물결 위에서 반짝이고,
폭신한 안개는
사방으로 우뚝 솟은 먼 풍경을 들이마십니다.
아침 바람은
그늘진 만을 감싸며 불고
익어가는 과실이
호수에 비친 제 모습을 들여다보네요.

가을 기분

그대 포도잎이여, 더 무성하게 푸르러
포도나무 시렁에서
여기 내 창으로 올라오세요!
쌍둥이 포도알들이여,
더 빼곡히 영글고, 더 빨리,
더 찬란히 꽉 차게 무르익으세요.
어머니 같은 해님이 작별의 눈길을 보내어
그대들을 부화하고, 마음씨 고운 하늘이
그대들을 에워싸고 속삭여 가득 열매를 맺습니다.
그대들의 땀을 식혀주는 것은
달님의 다정한 마법 숨결.
그리고 그대들을 적시는 것은, 아!
이 두 눈에서 흐르는
영원히 생명 주는 사랑의
넘치는 눈물.

〈서동시집〉에서*

자신을 알고 남을 아는 사람은
여기서도 깨달을 겁니다.
동양과 서양이
이제 더는 떨어질 수 없다는 것을.

곰곰이 생각하며 두 세상 사이에서
마음 흔들려도 괜찮습니다.
그러니 동양과 서양 사이를
오고 가세요. 최선을 다해!

42

*이 시는 서동시집에 실린 시로 아는 사람이
많으나 기존에 나온 서동시집에는 실려 있
지 않고 유고에만 있는 초안이다.

달에게

그대 다시금 수풀과 골짜기를 가득 채웁니다.
반짝이는 안개로 고요히,
내 영혼마저 마침내
온전히 풀어 놓습니다.

마음을 어루만지며
그대 나의 들판 위로 그대의 눈빛을 펼칩니다.
친구의 눈동자처럼 포근하게
내 운명 위로 펼칩니다.

즐거운 시절과 울적했던 시절,
내 심장은 그 모든 여운을 느낍니다.
기쁨과 아픔을 오가며
고독 속을 헤맵니다.

흘러라, 흘러라, 사랑하는 강물이여!
나의 기쁨은 영원히 돌아오지 않을 겁니다.
그렇게 농담도 키스도 사라졌고
맹세도 그러했지요.

그러나 내게도 한때는 있었답니다.
그토록 소중한 것!
괴로워도 절대
잊지 못할 그것이!

콸콸 흘러라, 강물이여. 골짜기를 따라.
쉬지 말고 멈추지 말고
콸콸 흘러 내 노래에게
멜로디를 속삭여다오!

겨울밤 그대가
성이 나서 넘치거나
봄날의 화사한 어린 꽃봉오리를
맴돌아 흐를 때면

행복할 것입니다. 미워하는 마음 없이
세상과 담을 쌓고서
친구를 품에 안고
그와 더불어 즐기는 사람은.

사람들이 모르거나
마음에 두지 않아도
가슴의 미로를 지나
밤을 거니는 사람은.

지금

만물이 그대를 예고합니다.
나 바라노니, 찬란한 태양이 떠오르면,
그대도 따라오시겠지요, 머지않아.

그대가 뜰로 나서면
그대는 장미 중의 장미,
백합 중의 백합입니다.

그대가 춤을 추며 몸을 흔들면
온갖 별들이 몸을 흔듭니다.
그대와 함께, 그대를 에워싸고서.

밤이여! 밤이 그러하다면 얼마나 좋을까요!
이제 그대는 달님의
사랑스럽고 매력적인 빛보다 더 반짝입니다.

그대는 매력적이고 사랑스럽습니다.
그러기에 꽃과 달과 별,
태양은 그대만을 섬깁니다.

태양이여! 그대 내게도 그렇듯
찬란한 날들의 창조자가 되어주세요.
그것이 삶이요 영원일 터이니.

47

연인 곁에서

나 그대를 생각합니다. 어스름 햇살이
바다에서 나를 비출 때면.
나 그대를 생각합니다. 가물가물 달빛이
샘물에 제 모습을 그릴 때면.

나 그대를 봅니다. 머나먼 길에
먼지가 일 때면.
깊은 밤, 좁은 오솔길에서
나그네가 몸을 떨 때면.

나 그대를 듣습니다. 저기서 둔탁하게 철썩이며
파도가 솟구칠 때면.
고요한 숲에서 나 자주 거닐며 귀 기울입니다.
온 세상이 입을 다물 때면.

나 그대 곁에 있습니다. 그대 아직 멀리 있다 해도
그대 내 곁에 있습니다.
해가 지면 머지않아 별이 나를 비출 겁니다.
오. 그대가 여기 있다면!

구름 형성

층 구름
고요한 수면에서
안개가 납작한 양탄자를 치켜들고,
달이 두둥실 떠올라
유령을 만드는 유령처럼 빛을 비출 때면,
오 자연이여, 고백하건데 우리는 모두
신나서 기운이 뻗치는 아이입니다.
그러면 구름은 줄을 지어 산으로 모여들어
저 멀리까지 어둠을 드리우지요.
중간의 줄은 양 쪽 모두에게 마음을 주기에
떨어져 물이 되어도 좋고, 공기가 되어 하늘로 올라도 좋습니다.

뭉게구름
그러다 상당한 양이
그 위쪽 높은 대기로 소환되면
구름은 가장 찬란하게 뭉쳐져서 높이 떠 오릅니다.
당당히 자신을 알리고 확실하게 모양을 잡아서 권력의 힘이 되지요.
그리고, 그대들이 두려워하는 일, 어쩌면 겪게 될 그 일,
위에서 위협하듯 아래에서도 덜덜 떨립니다.

새털구름
허나 고귀한 갈망은 점점 더 높이 오릅니다!
구원은 너무도 약한 강요이지요.
쌓인 구름은 새털처럼 흩어져서
새끼 양처럼 총총 걸으며 살짝 빗질을 한 채로 떼를 짓습니다.
그리하여 결국엔 밑에서 미약하게 태어난 것이
저 하늘 위 아버지의 품과 손으로 고요히 흘러듭니다.

비층구름
이제 높은 곳에서 뭉친 것이
대지의 힘에 끌려 아래로 내려가
분노하며 천둥 번개 속으로 들어가고,
구름 무리는 곧장 풀어져 흩어지고 맙니다!
심히 고통받는 대지의 운명이여!
허나 그 모습과 함께 그대들의 눈을 치켜뜨세요.
말은 설명을 하기에 아래로 내려가고
정신은 위로 올라 영원히 그곳에 머물고자 합니다.

51

여기에 있는 과거

장미와 백합이 아침 이슬을 머금고서
근처 뜰에 피었습니다.
저 뒤편 수풀 우거진 아늑한 곳에서
바위가 하늘로 솟구칩니다.
키 큰 숲에 에워싸이고
기사의 성을 머리에 이고서
산 봉우리는 허리 굽혀 뻗어 나가다가
계곡을 만나 화해합니다.

저기에선 예전 같은 향기가 풍깁니다.
우리가 아직 사랑으로 아팠고
내 하프의 현이
아침 햇살과 다투던 그때.
사냥 노래는 수풀에서
완성된 가락을 한가득 불어
가슴이 바라고 원하는 대로
용기와 원기를 북돋웠지요.

이제 숲은 영원히 싹을 틔우니,
그대들은 이것으로 용기를 내세요.
그대들이 홀로 누리던 즐거움은
남들이 누리게 하세요.
그리하면 우리가 홀로 누렸다 해서
누구도 욕하지 않을 터이니
한평생 그대들은
마땅히 즐거움을 누릴 수 있을 겁니다.

그리고 이 노래와 말을 간직하고서
우리는 다시 하피스* 곁으로 돌아옵니다.
즐기는 이들과 더불어
하루의 완성을 즐기는 것이 옳으니까요.

52

** 코란을 전부 암송하는 이슬람교도를 부르는 말.

잠에게

그대의 아편으로
신들의 눈마저 감기는 그대,
이따금 거지를 왕좌에 올리고
양치기를 아가씨에게로 데려다 주는 그대,
내 말을 들으세요. 오늘 나는 그대에게
꿈속 유령도 청하지 않을 것이니.
사랑하는 잠이여, 가장 큰 도움을
내게 베풀어주세요.

나의 소녀 곁에
나는 앉아 있고, 그녀의 눈동자가 욕망을 말합니다.
시샘하는 비단 아래로
그녀의 가슴이 느낄 수 있게 봉긋 솟아오릅니다.
나의 키스에 그녀가 사랑을
보낸 적도 많지만
이 행복을 참아야 합니다.
엄하신 어머니가 지키고 있거든요.

오늘 저녁 그대 다시
그곳으로 나를 찾아오니, 오, 들어와
깃털에서 아편을 뿌려주세요.
어머니는 잠이 드시고
흐릿한 등불 아래
아네테가 사랑으로 몸이 달아
어머니가 그대 품에 안기듯
욕망하는 나의 품에 스러지도록.

비와 무지개

천둥 번개와 폭우를 지켜보다가
블리셋 사람 하나 결국
몸서리를 쳤습니다.
그리고 자기 동족에게 이렇게 말했지요.
"천둥이 쳤을 때 우리는 혼비백산했어.
벼락이 헛간에 떨어졌고,
그건 다 우리가 죄를 지어서 그래.
하지만 비는 원기를 북돋아서
몸도 마음도 상쾌해지고
다가올 가을도 풍성해지지.
그런데 무지개는 무엇하러
저 잿빛 벽에 떠오르는 것일까?
없어도 될 것 같은데 말이야.
저 알록달록한 사기꾼! 속 빈 껍데기!"

그러자 이리스 부인*이 말했습니다.
"감히 내게 창피를 주려는 것이냐?
대지를 떠나
차분히 하늘을 올려다보며
안개의 흐린 거미줄에서
신과 신의 법칙을 깨닫는 눈길에게
더 나은 세상이 있다고 증언하기 위해
나는 여기 우주로 발을 들여놓았도다.
그러니 또 하나의 돼지인 너,
쉬지 말고 코로 땅이나 파거라.
그리고 나의 화려함에 반해 빛나는 눈길에게
행복을 베풀거라."

* 그리스 신화에 나오는 무지개의 여신

색깔 리본

작은 꽃, 작은 이파리를
가벼운 손놀림으로 뿌려댑니다.
마음씨 고운 젊은 봄의 신들이
장난치며, 얇은 리본에다.

산들바람이여, 그대의 날개에 그 리본 실어
내 연인의 옷에 둘러주세요.
그리하면 그녀 거울 앞에 나설 겁니다.
한껏 신이 나서.

장미로 둘러싸인 자신을 보고
장미만큼 싱그러울 겁니다.
사랑하는 이여, 한 번의 눈길,
그것으로 나는 족합니다.

이 심장이 느낀 대로 느끼시어
선선히 그대의 손을 내게 내밀어주세요.
우리를 잇는 이 리본이
가냘픈 장미 리본이 아니기를

명심

아, 인간은 무엇을 바라야 할까요?
이대로 가만히 있는 것이 나을까요?
꼭 움켜쥐며 매달릴까요?
바삐 움직이는 것이 나을까요?

집을 지어야 할까요?
그냥 천막이나 치고 살아야 할까요?
바위를 의지해야 할까요?
단단한 바위도 흔들립니다.

한 가지가 모두에게 맞지는 않습니다.
자기가 무엇을 하는지, 지켜보세요.
자기가 어디에 서 있는지, 살펴보세요.
그리고 서 있는 자는 넘어지지 않기를!

61

여운

포도가 다시 꽃을 피울 때면
술통에 든 포도주가 흔들립니다.
장미가 다시 꽃을 피울 때면
내게 무슨 일이 일어날지, 나는 알지 못합니다.

눈물이 뺨을 타고 흘러내리고,
일을 하거나 일을 쉴 때에도
느끼는 것은 오직 애간장을 녹이는 갈망,
무어라 말하기 힘든 갈망뿐.

그리고 결국 말하지 않을 수 없습니다.
이런저런 생각 끝에 깨닫게 되었노라고.
그런 아름다운 날에
도리스가 나를 뜨겁게 사랑해주었다는 것을.

그리움

무엇이 내 심장을 이토록 끌어당기나요?
무엇이 나를 바깥으로 끌어내나요?
그 무엇이 나를 휘감고 조여
집에서, 방에서 끌어내나요?
저기 바위를 에워싸고서
구름이 걸려 있습니다.
그곳으로 건너갈 수 있다면,
그곳으로 갈 수 있다면!

까마귀 떼 지어
흔들흔들 날아갑니다.
나 그 안에 섞여들어
새 떼를 따라갑니다.
그리하여 우리는 산과 성벽을 감돌며
날아갑니다.
저 아래에 그녀가 있어
나 그녀를 엿봅니다.

저기 그녀가 와서 천천히 거닙니다.
나는 노래하는 한 마리 새,
무성한 숲으로
허둥지둥 휘익~ 날아가지요.
걸음 멈춘 그녀가 귀 기울이다
혼자서 미소를 짓습니다.
"저 새는 참 귀엽게 노래하는구나.
나 들으라고 노래해."

지는 해가 산봉우리를
황금빛으로 물들이지만
아름다운 그녀는 생각에 잠기어
관심이 없습니다.
풀밭을 따라
시냇가를 거닐고 있지요.
날은 어둑어둑 어두워지고
길을 구불구불 구부러집니다.

나는 반짝이는 별,
홀연히 내가 나타납니다.
"저기 저편에서 무엇이 반짝이나?
저리도 가까이서, 또 저리도 멀리서."
그대 놀라워하며
그 빛을 바라봅니다.
나는 그대 발치에 엎드립니다.
그때의 나는 너무도 행복합니다.

5월의 노래

이 얼마나 찬란히 빛나는가요!
내게 자연은!
태양은 반짝이고
들판은 웃음 짓니다.

나뭇가지마다
꽃은 피어나고
떨기에서 터져 나오는
수천 개의 목소리,

그리고 모든 이의 가슴에서
솟구치는 기쁨과 희열.
오 대지여! 오 태양이여!
오 행복이여! 오 환희여!

오 사랑이여, 오 사랑이여!
그 산봉우리에 걸린
아침 구름처럼
금빛으로 아름답게 물들었네요.

그대 찬란히 축복합니다.
움트는 들녘을.
안개처럼 피어오르는 꽃에 파묻혀
북적이는 세상을.

오, 소녀여, 소녀여!
나 얼마나 그대를 사랑하는지!
그대의 눈동자는 무엇을 보고 계시는지!
그대 얼마나 나를 사랑하시는지!

종다리가 노래와
대기를 사랑하듯,
아침에 피는 꽃과
하늘의 내음을 사랑하듯,

나 그대를 사랑합니다.
따스한 피로.
그대 내게 젊음과
기쁨과 용기를 주시며

새로운 노래 부르고
새로운 춤 출 용기를 주십니다.
영원히 행복하세요.
나를 향한 그대의 사랑처럼.

밤

내 여인의 거처,
이 오두막을 떠나
발소리 죽여
적막한 숲을 거닐고 싶습니다.
달님은 참나무의 밤을 깨고
산들바람은 달님의 항로를 알립니다.
자작나무가 허리 숙여
달님에게 더없이 달콤한 향을 뿌려주네요.

심장을 더듬고
영혼을 녹이는 전율이
서늘한 곳에서 덤불을 지나며 속삭입니다.
이 얼마나 아름답고 달콤한 밤인가요?
기쁨이여! 환희여! 붙들 수가 없군요!
하늘이여, 허나 나는 그대에게
그런 밤을 수천 허락할 터이니
나의 소녀가 내게 단 하룻밤만 주었으면.

만족하는 사람

인간의 노력, 인간의 불안,
인간의 불만은 각양각색.
좋은 일도 많고
즐거운 일도 많지요.
하지만 인생의 가장 큰 행복과
가장 풍성한 상금은
훌륭하고 날렵한 감각입니다.

나 그대들에게 말하는 건가요? 사랑하는 나무여.

나 그대들에게 말하는 건가요? 사랑하는 나무여.
더없이 놀라운 꿈들이
아침놀로 붉게 물들어 나를 에워싸고 춤추던 때
불길한 예감으로 내가 심었던 나무여,
아, 그대들은 아실 겁니다. 내가 얼마나 사랑하는지,
그토록 아름답게 내 사랑에 응답하며
가장 순수한 나의 충동을
더 순수하게 내게 돌려주는 그이를.

내 심장에서 나오듯 자라
허공으로 뻗어가세요.
그대들의 뿌리에 나
온갖 기쁨과 아픔을 파묻었으니.
그늘을 드리우고 열매를 맺으세요.
매일매일 새로운 기쁨을 맺어주세요.
나 그녀를 노래하고 또 노래하며
그녀 곁에서 행복하도록.

- 슈타인 부인에게 보내는 편지 중에서

그치지 않는 사랑

눈과 비,
바람에 맞서며
무럭무럭 김 오르는 골짜기를 지나고
자욱한 안개를 헤치며
앞으로, 앞으로!
멈추지도 말고, 쉬지도 말고!

나 차라리 고통을
이겨내려 합니다.
인생의 그 많은 기쁨을
견디느니
모두가 마음에서 마음으로
기운 것
아, 어찌 이리 고약하게
아픔을 주는가요!

어찌 도망쳐야 할까요?
숲으로 들어갈까요?
다 부질없습니다!
인생의 왕관이요,
그치지 않는 행복이며,
사랑입니다. 그대는.

줄라이카에게

그윽한 향기로 그대를 애무하고
그대의 기쁨을 더하기 위해서는
먼저 수천 송이 장미가 꽃망울을 터트리며
뜨거운 열기 속에 스러져야 합니다.

그대의 손가락 끝만큼 가냘프고,
향기를 영원히 간직하는
작은 병 하나를 가지려 해도
하나의 세상이 필요한 법입니다.

넘치는 갈망으로
이미 꾀꼬리의 사랑을,
영혼을 뒤흔드는 노래를 예감했던
움트는 생명의 세상이.

우리의 기쁨을 더하자고
그 고통을 꼭 겪어야 할까요?
티무르*의 지배는
무수한 영혼을 좀먹지 않았나요?

** 14세기 후반에서 15세기 말까지 중앙아시아를 지배했던 티무르
제국의 첫 황제로, 괴테는 폭군이던 그를 나폴레옹에 비유하였다.

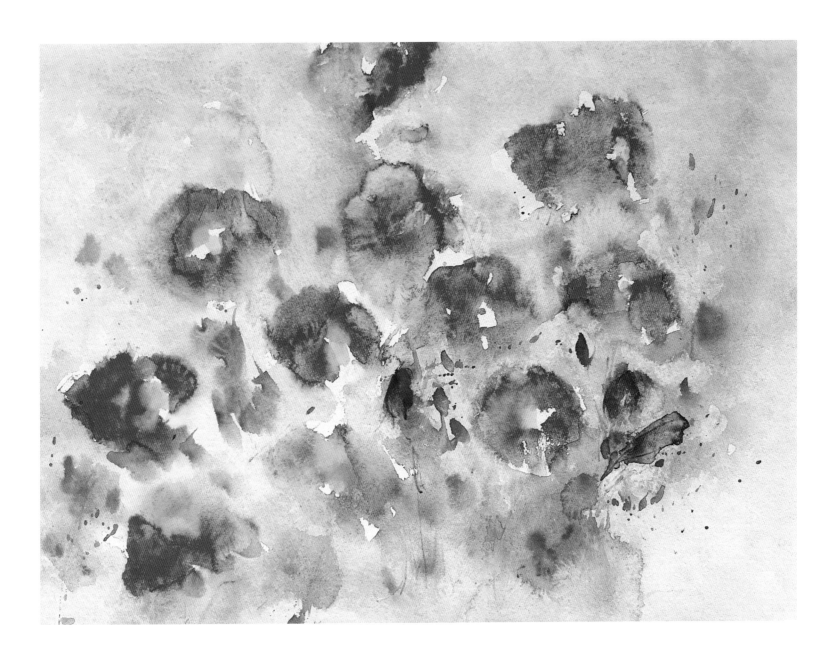

정원

사랑하는 어머니, 친구들이
벌써 한참 전부터 말했답니다.
바깥의 자연을
더 느껴보라고요.
이 담장 뒤편에,
이 울타리, 이 회양목 뒤편에 서 있으면
이 낡은 잡동사니 곁에 선
그것들이 그저 안쓰럽기만 합니다.

그런 모난 초록 담장을
더는 두지 마세요.
비록 이 끝에서 바로
저 끝을 볼 수 있다 해도.
가위에서 이파리가 떨어집니다.
꽃이 떨어집니다. 아, 너무 아파요!
사랑하는 우리 사촌 아스무스는
그 말을 원예사의 농담쯤으로 취급합니다.

이웃집 가든 하우스를 빙 둘러
포플러는 저렇듯 화려하게 서 있네요.
그에 비하면 우리 집 양파는
얼마나 천해보이는지요!
그대들은 소원을 이루고 싶지 않나요?
물론 만족합니다!
올해만, 제발,
사랑하는 어머니, 양배추는 안됩니다!

괴테는 독일이 낳은 유명한 시인입니다. 그런데 글 쓰는 재주 뿐 아니라 스케치와 수채화 솜씨도 대단했지요. 덕분에 자연을 자주 담았던 그의 그림에는 늘 문학의 향기가 어려 있었습니다. 그는 연필과 물감으로 사건과 느낌을 깃털처럼 가볍게 포착했지요. 괴테와 친했던 요한 페터 에커만은 1837년에 괴테가 자기 문학 작품보다 〈색체론〉을 더 아꼈다고 적었습니다. 그 정도로 괴테는 자연과학에도 정말 관심이 많았습니다.

제가 괴테의 시와 함께 길을 떠난 이유도 바로 그것입니다. 저는 그의 작품에서 자연을 관찰한 시들을 골라 실었습니다. 그가 수없이 자연을 은유로 사용했기 때문이지요. 특히 자연을 놀이나 에로틱에 비유한 시들이 제 눈에 확 들었습니다. 괴테의 시에서는 사랑과 자연이 떼려야 뗄 수 없는 사이이거든요. 제가 보기에도 대단한 그 둘의 얽히고설킨 관계는 우리 인생의 모든 측면에서 반영되고 있으니까요.

또 그의 시 〈소네트〉에서 저는 자연과 예술에 대한 그의 중요한 깨달음을 발견했습니다.

자연과 예술은 서로에게서 달아나는 것 같지만,
우리가 미처 생각하기도 전에 다시 서로를 찾아내지요.
내 마음에서도 거부감이 사라져
그 둘이 똑같이 제 마음을 끌어당깁니다.

큰일을 하려거든 정신을 바짝 차려야 합니다.
자제할 줄 알아야 대가가 탄생하는 법이지요.
그리고 법만이 우리에게 자유를 줄 수 있습니다.

그런 중요한 메시지는 괴테의 수채화에서도 적지 아니 발견됩니다. 저는 특히 1787년에 그린 그의 그림 〈폭풍우 치는 바다〉를 좋아합니다. 강렬한 프러시안 블루의 붓터치, 몇 곳에 남겨둔 하얀 백지, 빠른 연필 스케치로 괴테는 폭풍우 몰아치는 바다를 멋지게 수채화로 담아내었습니다.

그리하여 저도 들과 숲으로 길을 나서고 드넓은 바다에 마음을 빼앗기며 나의 시심을 그림에 담기 위해 괴테의 자연 시에 흠뻑 빠져봅니다.

한스-위르겐가우데크

요한 볼프강 괴테 *Johann Wolfgang von Goethe*

프랑크푸르트에서 태어났다. 1765년에서 1768년까지 라이프치히에서 법학을 공부하였고, 1770년 슈트라스부르크에서 학위를 받았다. 그곳에서 괴테는 요한 고트프리트 헤르더를 알게 되었고, 그를 높이 평가하였다. 1771년에는 프랑크푸르트에서 변호사 사무실을 열었다.

1770년대 초반에 《초고 파우스트》 작업을 시작하였고, 1771년에서 1774년까지 《괴츠 폰 베를리힝겐》을 집필하였으며, 1774년에는 《젊은 베르테르의 슬픔》을 출간하여 질풍노도*의 상징적 인물로 떠올랐다.

1774년에 작센 바이마르 아이제나흐 공국의 황태자 카를 아우구스트가 괴테를 바이마르 궁전으로 초대하였다. 1775년 괴테는 바이마르 공국의 관료가 되었고, 1776년에는 대공의 명을 받고 국정에 참여하였다. 1782년에는 황제 요제프 2세로부터 귀족 작위를 받았다.

1786년 관직의 부담과 궁정 생활의 답답함에서 벗어나기 위해 이탈리아 여행길에 올랐다. 그곳에서 괴테는 조형예술에 큰 관심을 기울이는 한편으로 다시 집필에 몰두하여 《이피게니에》, 《타소》, 《파우스트》, 《에그몬트》를 완성하였다.

1788년 괴테는 다시 바이마르로 돌아갔고, 대공은 그를 국정에서 해방해 주었다. 그러나 내각에는 계속 남아서 과학과 예술 기관을 감독하였고, 1791년에서 1817년까지는 신설된 바이마르 궁정극단을 이끌었다. 1788년에 만난 실러와 괴테는 1794년에 친구가 되었다. 바이마르 고전주의를 이끈 전설적인 우정의 탄생이었다. 1795년에는 《빌헬름 마이스터의 수업시대》 1권이 나왔고, 1806년에는 《파우스트》 1부가 완성되었다. 괴테는 자연과학 연구와 색체론 집필을 계속 이어나가 1801년에 논문 《색체론》을 끝마쳤다. 1812년에는 루드비히 반 베토벤을 만났고, 1816년에는 《이탈리아 여행기》를, 1819년에는 《서동시집》을 발표하였다.

1829년 《빌헬름 마이스터의 편력시대》가 완성되었고 《파우스트》 1부가 초연되었다. 《파우스트》 2부의 작업은 1831년에 끝났다.

요한 볼프강 폰 괴테는 1832년 3월 22일 바이마르에서 숨을 거두었다.

** 18세기 후반에 독일에서 일어난 문학 운동. 계몽주의 사조에 반항하면서 감정의 해방, 개성의 존중 및 천재주의를 주장하였다. 하만과 헤르더가 선구자 역할을 맡았고 괴테와 실러 등이 중심이 되었다.

한스-위르겐 가우데크

1941년 12월 11일 베를린에서 태어났다. 사무직 직업 교육을 받은 후 베를린에 있는 대학 경제학 연구소에서 공부하였고 1966년 경제학 학사 학위를 땄다. 일을 하면서 그림에도 열정을 보여 화가 그룹 "메디테라네움"에서 활동하였고, 그 기간 "자유 베를린 미술 전시회"에 참여하여 많은 작품을 선보였다. 이어 수많은 개인 전시회를 열었다. 유럽, 아시아, 아프리카, 미국 등지를 두루 여행하며 넓은 세상을 만나고 있다.

자신이 그린 아름다운 그림에 고운 문학작품을 담아낸 책을 계속해서 펴내고 있다.

계절은 다시 찾아옵니다

괴테 수채화 시집

초판 1쇄 발행 2025년 1월 20일
엮은이 한스-위르겐 가우데크
옮긴이 장혜경
펴낸곳 모스 그린
디자인 design mari
출판등록번호 제 2024-000222호
주소 경기도 고양시 일산서구 강선로 49
전화 070·7524·6122
팩스 0505·330·6133
이메일 jip201309@gmail.com
ISBN 979-11-990365-0-5(03850)